세상이 왜 이 모양이냐

세상이 왜 이 모양이냐

청 화 시집

불교문예

가시나무새

전설의 새
세상에서 제일 뾰죽한 가시를 찾아
그 가슴을 깊이 찌르고
최고로 아름다운 소리로
단 한번 울고 죽는다는 가시나무새
풋매실이 뚝뚝 떨어지도록
슬프고 아름다운 그 노래 소리는
죽음에 닿은 아픔에서 나오는 거라고
그것을 온몸으로 보여주는 새
가시나무새
詩여, 어디에 있는가
나도 야윈 가슴 몸을 던져 찌르고
그 아픔에 툭 터진 소리로
꼭 한번 울고 싶은
제일 크고 제일 예리한 그 가시.

|차례|

■ 序詩

제1부

제2부

제3부

제4부

제5부

제1부

가시나무새

전설의 새
세상에서 제일 뾰죽한 가시를 찾아
그 가슴을 깊이 찌르고
최고로 아름다운 소리로
단 한번 울고 죽는다는 가시나무새
풋매실이 뚝뚝 떨어지도록
슬프고 아름다운 그 노래 소리는
죽음에 닿은 아픔에서 나오는 거라고
그것을 온몸으로 보여주는 새
가시나무새
詩여, 어디에 있는가
나도 야윈 가슴 몸을 던져 찌르고
그 아픔에 툭 터진 소리로
꼭 한번 울고 싶은
제일 크고 제일 예리한 그 가시.

人生

苦海라고 했던가!
苦海라고 했던가!
아이고 못 살겠네, 하고 반평생
아이고 죽겠네, 하고 또 반평생
이 두 마디 말이 한평생인 인생
어찌 먹피를 토하고 일어나
가시 없는 하늘로 나갈
그 문을 찾지 않으리

세상이 왜 이 모양이냐

세상이 왜 이 모양이냐
놀부의 누각은 해마다 하늘 높이 치솟는데
어찌 흥부의 집은 날마다 땅으로 꺼지는 것이냐
도대체 어느 강이 잘못 흘러가고 있기에
어떤 산이 한쪽으로 기울고 있기에
세상이 이 모양 이 꼴이란 말이냐
강남의 제비가 물고 온 박씨도
이제는 놀부의 마당에만 던져주어
풀만 무성한 흥부집의 울타리를 보아라
이래도 단군할아버지가 세워 놓은 그 기둥이
똑바로 서 있다고 말할 수 있겠느냐
일찍이 부자보다도 더 높은 의자에 앉힌
심청이도 춘향이도 보이지 않는 지금
왜 새 아침으로 가는 그 길은 찾지 않는 것이냐
남과 북에다 또 동과 서로 찢어져
여기저기 구멍이 많은 댐 같은 이 나라

왜 만나면 하나가 되는
물 같은 사람 물 같은 그 사람은
목놓아 부르지 않는 것이냐
그래 쿵쿵 심장이 뛰는 가슴들
아무데나 굴러가는 돌이 되어도 좋단 말이냐
대관절 무엇이 되려고 세상이 이 모양 이 꼴이냐.

아아, 천황봉天皇峯

내 피는
보절면 여기
천황봉을 바라보며 붉어졌고
내 가늘한 뼈도
보절면 여기
천황봉을 바라보며 굵어졌느니

어디를 가랴
온 하늘의 별들이
보릿고개를 우시는
어머니의 눈물 같은 밤도
아버지께서 가르쳐주신
명심보감을 읽듯
천황봉을 바라보았던 나

나는 늘 여기 있다
배꽃이 피는 어느 봄날
배꽃 같은 흰 날개가 돋아
이곳을 차마 떠났지만
세월이 가도 늙지 않는
나는 늘 여기에 있다

바람이 불면
들에서도 산에서도
할아버지 할머니의 숨소리가 들리는 곳
천황봉 아래 보절면 여기
내 혼이 담겨 썩지 않을
푸른 돌 하나 고이 묻으리.

바로 지금 여기 1

바로 지금 여기
숨을 쉬고 있는 이놈
한낱 고깃덩어리이냐
한 마리 벌레이냐

천하에
숨을 데가 없는 이놈
언제나
바로 지금 여기뿐인 이놈

아느냐
살아 있다고
무조건 꿈틀대는 그것
그것이 많이는
毒이 된다는 것을.

바로 지금 여기 2

과거의 촛불은
현재의 어둠을 밝히지 못한다

미래의 큰 소나무도
오늘의 땡볕에 그늘을 주지 못한다

어찌 하겠느냐
너무 젊어 목이 타는 너

바로 지금 여기
한발 물러서면 캄캄한 어둠

한발 나아가면 불같은 땡볕
어디에서 샘물을 찾겠느냐

바로 지금 여기 3

중생쪽이냐
부처쪽이냐
그 발을 내딛는 곳은
언제나 바로 지금 여기

한 번 잘못 내딛으면
용서 없는 몽둥이가 있다

몸이 향하는 그곳
지옥인지 극락인지
두 눈을 부릅뜨고 보아라
언제나 바로 지금 여기.

바로 지금 여기 4

아무도 없다
백척간두 같은 바위 위에
겨우 한 발 붙이고 섰는

바로 지금 여기
살 것이냐 죽을 것이냐
어디 흉중에 숨겨온

그 칼을 한 번 뽑아 보아라
천지에 진동할 향기를 가진
꽃 같은 모가지도 보일 것이니.

바로 지금 여기 5

바로 지금 여기를 떠나
강물이 된 역사는 없다

흥하고 망하는 그 큰일의
돌을 집어 든 손이여

한 번 놓으면 천하장사도
옮길 수 없음을 아는가

그곳이 설령 내일쯤에
죽은 땅임을 알지라도

꽃 1

꽃이 있다
한 덩이 돌 같은 나를
자꾸 흔드는 꽃

그리하여 꽃은
지쳐 꺼질듯한 호롱불의 심지를
다시 돋우게 한다

그러나 그 불빛에
돌만 보이고
내가 보이지 않는 밤

이 밤의 어둠을 두고
한 번 돌에 갇히면
눈 먼 돌귀신이 될 뿐이니

돌을 깨고 나오라고
향기를 주며 망치를 주며
나를 흔드는 꽃이 있다.

꽃 2

딱, 딱, 딱,
내 꽃은
내가 때리는
죽비를 맞고 피었다

허리 부러져
내 손에 뽑히는
풀이 되지 않기 위해
제 이름의 꽃을 피웠다

아프다는 말도 안 하고
죽비를 맞을 때마다
꽃대를 똑바로 세우며
속으로 꼭꼭 누른 신음

그것이 마침내 툭 터져
피를 토하듯
꽃핀 것이다

꽃 3

꽃으로
이름을 쓴다고
꽃이 되겠습니까

꽃으로
얼굴을 그린다고
꽃이 되겠습니까

그 생각
그 마음은
진흙밭의 개

꽃 같은
옷만 입는다고
꽃이 되겠습니까

꽃 4

보이다가 문득 안 보이고
안 보이다가 얼핏 보이는
그 아스라이 먼 꽃
오고 있다.
내가 부른 만큼만 오고 있다.
땀으로 부른 날은 외나무다리 건너
피로 부른 날은 큰 산을 넘어
나에게로 오고 있다.
한 세상 재가 되지 않기 위해
길에서도 길을 잃는
짐승이 되지 않기 위해
허리를 굽혀 부르고
목숨을 기울여 부른다.
개벽하듯 묵은 허물을 벗고
나를 다시 태어나게 할 그 꽃.

무

나는 부처님의 텃밭에
부처님의 말씀을 먹고 자란 무
어찌 다른 데서 기쁨을 찾으랴
가을 깊어 국화꽃 지거든
뿌리는 항아리 속에 들어가
유자 향과 더불어 동치미로 익고
잎은 헛간 벽에서 잘 말라
얼음이 꽁꽁 언 겨울 아침
시래깃국이 되어 밥상에 오르리
혹 여기 무슨 잘못이 있는가

미소 하나

佛法을 말로 하자면
마냥 펼쳐야 할 팔만장경
그러나 인생이 짧으니
그거 다 간단히 요약하면
흰 얼굴에 미소 하나.

나를 보기 싫은 요즘은

걸어가면서 보는
앞에 뛰어가는 사람
그는 사실 내가 지나온
저만큼 뒤의 나였다

늙어서 보는 젊은 사람
그도 사실은 내가 지나온
한참 떨어진 저 뒤의 나였다

더 이상 나에게서
나를 보기 싫은 요즘은
주로 남에게서
나를 많이 본다

갈 것이 다 간 감나무
끝내는 빈 하늘에 사무친
씨감 하나만 남으리.

슬픈 노래

가인의 슬픈 노래 앞에
나는 그냥 하얀 솜뭉치

물이 되어 촉촉이 스며든다
그 가슴의 먹피가 삭은 소리로

차마 말도 못 할 만고풍상에
오래 고인 먹피가 있는 인생

나도 어느 가인이 부른
한 곡조 슬픈 노래였던가.

왜 죽을 때 눈을 감는가

사람이 죽을 때
두 눈을 감는 것은

죽어서 어디로 가는지
그 길을 모르기 때문

그리하여 죽음에게
알아서 하라는 뜻으로

누구나 죽을 때는
두 눈을 감는 거다

사후에 대해서 만은
아는 척 할 수 없는 그 눈.

허기

무엇일까
무언지 먹고 싶은 것 같은
이 알 수 없는 인생의 허기에
내 목은 자꾸 길어진다

세상을 산 만큼
잃어버린 것이 많은 나이
그 나이에서 생긴
이 헛헛한 동굴의 허기를
나는 도저히 이길 수가 없다

늙은 호박이 달린
호박 넝쿨에는
꽃이 피어 푸른 잎도 여전한데
꽃도 잎도 없는
마른 넝쿨 같은 요즘의 나

무엇이 되려는가
무엇이 되려고
밥을 먹어도 배가 고픈
또 하나 위장이 있는 것인가.

엄지발가락의 발톱

비 오는 날 생각난다
내 한창 크던 시절
너무 작아 발을 아프게 했던
그 검정 고무신
아파서 아파서 데모하듯
번번이 그 고무신을 찢고 튀어나온
내 엄지발가락의 발톱에서
나는 처음 발톱 같은 나를 발견했다
발이 크는 자유를 억압한
질긴 고무신을 찢은 그 발톱
그리고 그때부터였다
나를 조이는 것을 찢는 것은.
그리하여 고향을 찢고
속세를 찢고
내 인생도 찢어버렸다
모든 검정 고무신을 찢고 온

엄지발가락의 발톱 같은 나
이제 하나 남았다
마지막으로 찢어야 할
그 하나는 죽음 죽음 죽음.

봄날

산도화 지는
꽃잎을 물고

봄날이 간다고
뻐꾹새 운다

산에 살아
봄인 줄도 모르고

물거품 같이
보낸 봄날들

어느새 내 얼굴에
그 흔적만 남았으니

산그늘에 잃은 나를
뻐꾹뻐꾹 울거나.

사람이 사는 법

새는 날개로
하늘을 날고

사람은 희망으로
빈 땅에 집을 짓는다

이것이 새가 있고
사람이 사는 법이니

세상에 어찌
하늘이 없고
땅이 없는 날이 있으랴.

빈 꽃대

이미 꽃은 다 졌다
흔드는 손들도 없다
사람들에게 멀어진
나는 빈 꽃대

바람에 서걱거리는
마른 잎 소리뿐인
나는 빈 꽃대

잠자리도 앉지 않는다
무슨 벌레도
기어오르지 않는다

비로소 긴 그림자 지우고
빈 꽃대가 피운 꽃
나는 혼자 본다
벌도 나비도 모르는 그 꽃.

한 물건

한 물건이 있다는 말에는
물이 얼어 얼음이 되더니

한 물건도 없다는 말에는
얼음이 녹아 물이 되더라

여기에 더 할 말이 없는 나
물 한잔 마시고 벙어리가 된다.

부음

밤새도록
풍경이 울었다

흰눈도 내리며
소리없이 울었다

세상이 온통 소복을 입은
다음 날 아침

몸이 흔들 하는
부음이 왔다

먼 남쪽 섬의
갈매기 같은 사람.

사랑

한 때는
목숨을 던져 사고 싶은
제일 빛나는 보석

그러다 어느 때는
연한 살에 깊이 박힌
무엇보다 아픈 가시

그렇다. 사랑이란 이렇게
하나가 아닌 두 얼굴.

산새 1

나는 산새
산은 나의 둥지

껍질을 깨고 나와야 할
알 속의 내가 있어

그 알 하나 품고
자꾸 무뎌지는 부리

날마다 돌에 갈며
꽃잎처럼 지는 세월을 우는

나는 산새
산은 나의 둥지.

제2부

尋牛

곤한 잠에 곯아떨어져

천지를 모르고 꿈꾸던 그 밤

외양간 기둥에 매어 둔 소

고삐를 잘라먹고 어디로 갔나.

見跡

소를 잃은 외양간에 잡혀

山野를 헤매인지 그 얼마였던가

마침내 갈대밭으로 들어간

그 발자국을 찾음이여.

見牛

반갑다. 귀에 익은 콧김소리

몸으로 갈대를 헤치는 소리

조용히 다가가 뒤에서 보는

볼 부비고 싶은 그 엉덩이.

得牛

돌연한 기척에 잠시 놀랬는지

갈댓잎 한입 물고 뒤돌아보는 소

이 세상 오직 하나뿐인 나

主人을 알아보는 그 눈빛이여.

牧牛

긁어 주고 씻어 주고 어루만져 주고

원하지 않아도 절로 자주 가는 손

이제는 소태도 꿀맛이다

반쪽의 몸이 반쪽을 만나 온전해졌으니.

騎牛歸家

고삐도 더는 잡을 필요 없고

채찍도 굳이 들지 않았네

스스로 길을 알아 앞장서는 소

한 곡조 피리를 불며 그 뒤를 따를 뿐.

忘牛存人

이곳 강 이름은 무어라고 하는가

배에 탈 때는 분명 둘이었으나

강을 건너 내려서 보니

하나는 웃고 있는데 하나는 간 곳이 없네

人牛俱忘

열 두발 상모를 돌려라

꽹과리도 크게 울리며

그리고 보라, 단 한 번 발길질에

하늘도 땅도 없는 세상을.

返本還源

꽃 없는 가지에 익은

고향 집의 복숭아 한 알

평생을 들고 베어 먹었으나

언제나 처음 그대로이네.

入廛垂手

저자에 만나는 사람을 따라

물도 되고 약도 되고 노래도 되고

본시 밑갈 것 없는 빈손의 인생

한세상 어리얼시 춤을 추며 사는거다

연못

진흙밭
부처님이 파놓은 연못에
갓 핀 연꽃을 보네

연못 깊이
팔뚝 같은 뿌리를 내리고
썩은 물과 너울대며
썩은 물이 묻지 않는
푸른 연잎을 보네

밤마다 남 몰래
별빛 달빛만 고이 모아
뿌리가 밀어 올린
연꽃과 연잎

거기 녹음이 잘 된
부처님 말씀도 듣네.

면벽

이 세상에 오기 이전의
나의 주소는
어디에 물어볼 데가 없다
하니 나에게 물어볼밖에

어디서 왔는고?
어디서 왔는고?
몸도 모르고 목숨도 모르는 그곳
어디인고? 그 어디인고?

이것이다
내가 혼자 신음하며 앓은 것은
의사도 약도 없는 병
어디 찾아갈 병원도 없으므로
열이 오를 때마다
나는 벽을 향해 앉는다.

굴러온 돌

데스몬드 투투주교
그는 남아프리카 공화국 흑인 지도자였다
1984년 노벨평화수상자로 선정된 그가
미국 뉴욕의 한 집회에 초청되어
백인들이 어떻게
아프리카를 지배하게 되었는가를
다음과 같이 말했다.

백인 선교사들이 처음에
달랑 성경 한 권 옆구리에 끼고
아프리카에 왔을 때
저희들은 땅밖에 가진 것이 없었습니다.
그런데 말입니다
실로 이상한 기적이 일어났습니다.

그들이 시키는 대로
'기도합시다'라는 말에

저희들은 눈을 감았고
그리고 기도가 끝나 눈을 떴더니
아 글쎄, 저희들의 손에는
성경책이 들려 있었고
선교사들은
저희들의 땅을 몽땅 차지하고 있었습니다.

미국의 심장부 뉴욕에서
이런 말을 한 데스몬드 투투주교
이제는 그가 백인들을 향해
'기도합시다'라고 하면
백인들도 눈을 감을지 몰라.

사람이 그러면 쓴다냐

사람이 그러면 쓴다냐

이것은 철없던 시절

내 행동 내 말에

티가 있고 구멍이 있을 때마다

어머니께서 주신 말씀이다

그러면 그 앞에 번번이 나는

사람 아닌 것이 되었나 싶어

얼골이 그냥 뜨거워지고

고개가 절로 숙여졌다

보고 듣는 것에

잘 젖고 잘 휘어지는

숙맥 같은 나에게

최초로 부끄러움을 알게 한 그 말씀

그 말씀은

내 평생 어디서나 들리어

나를 항상 돌아보는 눈이 되었다.

남의 불빛

눈으로 온갖 책을 읽고
귀로는 고금의 금언을 들었으나

그것은 결국 남의 불빛이었다
남의 불빛을 따라가면

고작 남의 집의 객이 될 뿐이니
마음이여, 나의 등불을 밝혀라

끝내 나의 길을 찾아가서
마침내는 내 집의 主人이 되게.

물거품

청춘이 물거품이었거늘
늙음이라고 물거품이 아니랴

눈물로 살았건 웃음으로 살았건
어차피 물거품 같은 한평생

설령 쇳덩이를 안고 죽은들
그 인생이 물거품이 아니랴.

연꽃 위에 앉은 달빛

얼마를 닦아야
연꽃 위에 앉은
달빛이 되나

한낱 티끌이라고
몸도 소리도 다 버린
고요한 달빛

나는 지금 무겁다
매달리면
나뭇가지도 휘어질 만큼

그 몇 번 칼을 삼키고 죽어야
연꽃 위에 앉아도
연꽃이 흔들리지 않는
저 달빛이 되나.

一切唯心造

마음이 괴로운 날에는
빛나는 황금도 돌덩이

마음이 기쁜 날에는
돌덩이도 빛나는 황금

그렇거늘 어찌 인생에게
황금과 돌이 따로 있겠는가

이름도 형상도 그 모두
마음에 따라 변하는 것이니.

머시당가

나도 모르게 어디서
나를 이 세상으로 데리고 온
고 알 수 없는 놈

그러고 나에게 물어보지도 않고
내 몸 내 열골을
요로코롬 만든 고것은
또 머시당가? 머시당가?

암만해도 요상하고 궁금한 일이어
고 많은 길 중에서도
해필이면 산길로 들어와
먹물옷 입고 사는 나.

요런 나를 알고 싶어
자신을 알라는 고 죽비를 들고
나를 때리고 때린다
머시당가? 머시당가?

마른 똥막대기

마른 똥막대기를
부처로 만든 입이 있으니

그 입의 혀에는 이미
두 가지 이름이 없음이여

그 혀로 핥아버린 하늘에
어찌 용과 뱀이 따로 있으리.

마음

호수에 넘치는 물을
바가지 하나로 다 품던 그도
제 몸에 출렁이는 물은
한 방울도 품지 못했다 하느니
아 물이여
온갖 기계로도 비울 수 없는
몸속에 출렁이는 그 물이여.

山果

-오현스님

그냥 스님으로 보면
설악 계곡에 널려 있는
흔한 돌멩이쯤으로 보일지 몰라도
시조를 쓰는 시인으로 꼽는다면
단연 설악 영봉에 높이 뜬
둘도 없는 보름달이지요

거 왜 잘 익은 사과에서
사과향이 솔솔 풍기듯
스님의 편편 시조에서는
미묘하고 그윽한 法香이 있으니
아마도 스님은 산에서 푹 익은
한 알 山果가 아닐지요.

풀밭길 1

길을 아는 그 사람은
꽃밭길과
가시밭길 사이의
풀밭길을 가라고 한다

먼 데서 비틀대며
숨차게 지고 온 그 짐
마침내 다 벗고
훨훨 날고 싶은 몸

꽃에 취해 넘어지지 않고
가시에 찔려 피도 흘리지 않는
오직 풀밭길을 가라고 한다.

자화상

책보에 시집 두 권 싸고
내가 집에서 도망 나온 그 새벽에는
진눈깨비 바람이 앞을 막았다
그러나 그 앞에
나는 주저앉지 않았다
오랜 동안 불에 달궈
쇳덩이가 된 결심이 있었으므로,

나는 부모도 형제도 닮지 않은
내 얼굴을 갖고 싶었다
누구의 손도 닿지 않은
내 자유 내 선택으로
내가 가고 싶은 길을 가는
온전한 내가 되고 싶었다

그로부터 오늘에 이르기까지
대장간에 벌겋게 구어진
무형의 쇠붙이가 되어
바로 치고 엎어 치고
엎어 치고 바로 치고
망치질을 퍼붓은 세월이여

이만하면 되었다
거울에 비춰 본
내 모습 내 얼골
이제는 어쩔 수 없는
몇 개 아쉬운 흉터도 있지만
그래도 이만하면 후회는 없다
절하고 싶은 세월이여.

눈 1

함박눈 내리는 날
작은 돌들은
드디어 큰 돌이 되었다고
기쁜 얼굴들이다

늘 검은 기와지붕도
흰 지붕이 되었다고,
앙상한 나무들은
가지마다 꽃이 피었다고
모두 환호하는 모습이다

내일쯤 날이 개고
해가 뜨면
그것이 다 눈물이 될 줄도 모르고

하기사 알고 보면
세상의 부귀영화라는 그것도
사람에게 하룻밤 쌓인
흰 눈이 아니던가.

눈 2

눈은
누구 죽으라고 오는 것이 아니다
어려울수록
불을 피우며 살라고 오는 것이다

겨울이 오면
얕은 물 같은 삶에
얼음이 어는 자손들
그 등을 말없이 다독이는
할머니의 손 같은 눈

얼음은 녹는 거라고
몸이 떨릴 때마다
활활 타는 불로 이기라고
눈은 오는 것이다.

제3부

겨울 바다 1

기쁜 것이냐
나에게 훌쩍 뛰어드는 수평선
그에 탁 틔어
이 출렁이는 마음은

얼마나 굴속에 갇힌
한 마리 짐승이었던가
아– 기쁜 것이냐
기쁜 것이냐

단번에 나를
흰 새가 되어 날게 하는
겨울 바다 겨울 바다.

겨울 바다 2

겨울 바다에 와서
나는 보았다.

내 안에 오래 죽어 있던 새가
금방 살아나
수평선에 훨훨 나는 것을

그리고 나는 알았다.
일상에서
바다를 그리워하다 죽은 새가
파도 소리에 번쩍 살아나는 그 순간

아 – 하고 소리치고 싶게
바다는 기쁜 것이라고.

겨울 바다 3

눈 오는 날
기차를 타고 가고 싶은
겨울 바다는
언제나 먼 곳에 있다

나에게 처음
설레이는 물결을 주고
물결 아래의 水深을 주고
그리고 그 수심이 이룩한
탁 트인 수평선을 준 바다

그리하여 나를
그득히 넘실대게 했던
그 겨울 바다

그립다
어느덧 물결이 없는 사람이 되어

水深을 잃어버린 사람이 되어
수평선이 사라진 사람이 되어
앙상하게 물이 마른 나

그립다
눈 오는 날
기차를 타고 가고 싶은
그 겨울 바다.

대장부

날개가 없으면
알 하나는 품고 살아야지

입은 작아도 어디서나
천둥소리를 낼 줄 알아야지

사람들이 바라보는 산
그 정상에 우뚝 서려면

알을 깨고 봉황이 나올 때까지
죽어도 모래는 되지 말아야지.

어디인가

살아 있다고 참새처럼
어디 폴폴 날아갈 곳도 없고
죽지 않았다고 개미같이
무얼 찾아 기어다닐 일도 없으니

아 여기는 인생의 어디인가
다만 어깨 위에 짐이 없어

네 다리 뻗어도 걸리는 것 없는 몸
낮에는 강 건너 봄소식을 묻고

밤에는 문자 없는 경을 읽어
창가에 달빛이 머물게 하네.

광풍이 불었습니까

J스님
큰 모과가 달려 있는
모과나무 그 가지는 휘어져
땅만 보고 있습니다
고개 숙인 죄인처럼

그러나 어느 그 빈 가지는
곧게 뻗어
산도 보고 해도 봅니다
아무것에도 걸림 없는 사람처럼

단 하나 모과도 갖지 않으므로
하늘을 향해 맘껏 뻗은 가지
광풍도 어쩌지 못하는
이 굳고 곧은 가지가 되지요

한 알 모과가 무거워
부러질 듯한 가지들 사이
모과보다도 더 큰 자유를 가진
모과나무 그 빈 가지 말입니다.
J스님.

산새 2

산새가 울어
골은 깊고

산새가 울어
봉우리가 높은 산

아는지 몰라
아는지 몰라

산새가 울어야
꽃도 피고

산새가 울어야
달도 뜬다는 것을.

달마

걸어서 가야만 하는
구불구불한 그 먼 서울 길
강에는 다리를 놓고
산은 터널을 뚫어
돌지 않고 곧바로 가는
고속도로를 개통한 다음
누구나 한 장 차표를 주며
고속버스를 타라고 한다
괴로운 바닷물 젖은 옷에
등이 굽은 부산 사람들
갈수록 살까지 젖는
그 옷을 벗으라고

낙화 1

땅에 떨어져
뭇 발길에 밟히는 꽃잎을 보면
왜 몰라
지금 구름 의자에 앉은 사람
그 종말을

바람이 불지 않아도
영원한 것은 없다고
높은 가지에서 떨어지는 꽃잎들

왜 몰라 왜 몰라
지금 누군가의 손에서 만발한
그 꽃도
저기 낙화의 날이 오고 있다는 것을.

낙화 2

바람 불어
홀홀 흩날리는 벚꽃잎들
첫눈 같다

꽃이
꽃잎이 된
그 슬픔 때문일까

땅에 떨어진 꽃잎들
발로 밟기가 너무 미안하다
아름답고 지고한 것들이여

부디 땅에 떨어진
꽃잎이 되지 말지어다
밟으면 누구나
짐승의 발이 될 것이니.

낙화 3

가야 하네
꽃은 이제 가야 하네
꽃의 모습 꽃의 향기
다 훑고 가야 하네
꽃보다 더 크고
꽃향기보다 더 달콤한
열매가 되기 위해

어찌하리 물 따라
세월 따라 흘러가는 인생
꽃잎들 지는 날에는
청춘도 보내야 하네
고개 숙이는 벼이삭처럼
잘 익은 영혼이 되기 위해

광한루

언제나 달빛 은은한 밤
어디 가야금 소리 들릴듯한 남원

백일홍 발그스럼한 꽃빛 같은
춘향이 사랑 이야기를 아시는가

앞마당에 소나무 심고
뒤뜰에는 대나무 심어

그를 닮아 변하지 않는
늘 푸른 솔잎 댓잎의 사랑

그 사랑 이야기 듣고 싶어
날아가던 새도 내려앉고

먼 지리산도 가까이 다가오는
남원의 광한루를 아시는가.

때

맑은 물 흘려보낸
돌에도 이끼가 끼거늘
욕심으로 사는 사람에게
어찌 때가 없으랴

높이 오르고 싶은 산
그 정상만 보지 말고
때때로 몸에 묻은
때도 좀 발견할 일이다

모르고 미리 씻지 않으면
언젠가 한 방 터지는 날
독배를 마셔야 하는
사람의 비릿한 그때.

서로 다른 나

창 밖에는
가을이 오고 가을이 가고
창 안에는
시간마다 바쁘게 내가 늙어 가고
그것 때문이다
언젠가부터 둘로 나누어진 나
창 안의 나는
늙고 죽음이 있는 나를 읽는데
창 밖의 나는
늙고 죽음이 다함까지도 없다는
반야심경을 암송한다
턱 밑에 차오른 나이 탓인가
창 안의 나도 없고
창 밖의 나도 없어야 할
눈 비를 다 보낸 이 방에
서로 다른 내가 둘이라니!

낙화유수

꽃은 떨어지고
물은 흘러가고
거기 인생의 무엇이
처음 그대로 있더냐

가더라
삶을 출렁이던
은빛 물결
금빛 물결
결국은 다 가더라

돌아보면
까치놀 같은 날들
한 번 반짝이고 가서
다시는 오지 않는 그 나날들

보아라

꽃이 떨어지고
물이 흘러간 자리
무엇이 남아
눈물이 되는가를.

춘향의 편지

도련님
도련님을 만난 그날부터
저에게는
저의 힘으로 막을 수 없는
큰 강물이 생겼습니다.

밤이나 낮이나
도련님을 향해 흘러가는
이 출렁이는 강물을
저는 도저히 이길 수가 없습니다.

어찌합니까?
소나무에 기대서면
소나무가 뽑혀 흘러가고
바위에 엎드리면
바위도 굴러 흘러가니
이 강물이 생기고부터

저는 몸 붙일
기둥 하나가 없습니다.

도련님
대체 이 강물이 무엇이랍니까?
도련님이 계신 곳이면
저승까지 흘러갈
이 끝없는 강물을
저는 영 알 수가 없습니다.
도련님.

춘향의 다홍치마

사랑 말인가
사랑을 알고 싶거든
춘향이가 입은
다홍치마를 보게나

흰 치마가
사랑 하나로 물이 들어
아무나 입을 수 없는
다홍치마가 되었으니

한 사람을 사랑하는 일은
그네만 타는 것이 아니라네
때로 목에 칼을 쓴
감옥살이도 있다네

암 그래야 그 사랑은
돌을 맞아도 구멍 나지 않고

가시에도 찢어지지 않는
다홍치마가 된다네

아름답지 않은가
저 티끌 많은 세상에
한 점 때가 없는
춘향이의 그 다홍치마

바위

틈새 있는 바위라고
쉽게 보고
그 틈에 깃든 억새풀
비록 틈이 있어도
바위는 역시 바위였다
억새풀 잎으로 꽃으로
허리가 꺾이도록 흔들어도
끝내 꿈적도 않는 그 바위
한 번 실수로 깨어나
더욱더 굳게 다져진
저 누군가의 決心

첫눈

첫눈이 어찌
아무 때나 오겠는가
살다가 문득문득
혼자 보는 우리의 흰 살결
고운 점 하나도 없어
스믈스믈 가려울 때
첫눈은 오는 것이다
거기 문신하고 싶은
꽃 같은 무엇이 그리운 날
첫눈은 오는 것이다
우리의 흰 살결에 곱게 새겨
오래오래 갖고 싶은
그 꽃 같은 무엇이 그리운 날.

四月

4월은 혁명의 달
나도 한 번 혁명을 할 거나
임기도 없는 그 오랜 동안
맘에 들지 않는 독재의 나

그에 불만이 많았던
쇠털 같은 무수한 나를 불러 모아
도처에 붕기하는 벚꽃들과 함께
나도 나를 확 뒤엎어 볼거나

그리하여 와 – 와 –
풀과 나무도 혁명하여
새싹과 새잎이 피는 4월
이제는 중생인 나도
부처로 태어나게 할거나.

날마다 좋은 날

찾는다고 어디
좋은 날이 따로 있더냐
지나간 일에 그런대로
몸에 남은 흉터가 없고
불어오는 바람에 일어나는
티끌이 없는 마음이면
그것이 날마다 좋은 날.

안 그러냐
오늘 본 내 얼굴은 족해
어제와 같은 얼골이고
오늘 마신 차는 향기로워
내일도 향기로울 것이니
그것이면 더 바랄 것 없어
날마다 좋은 날.

어디로 가는가

– 이자옥 영가 49재에 부쳐

물 위에 떨어진 낙엽은
물 따라 흘러가고

바람에 날린 깃털은
바람 따라 날려 가는데

어디로 가는가 향내음에
구름도 비낀 서쪽 하늘

염불소리 따라 날아가는
흰나비 한 마리.

집착

無心하면 무어나
옷자락 한 번 흔들고 지나갈
바람인 것을
무어라 고연히 붙잡아
가슴에 박히는
가시가 되게 하였나
어리석은 손이여
구름이 흘러간 하늘을 보아라
어디에도 한 점
구름의 흔적이 없는 그 하늘을.

로터스월드

한 번 뜨고 감지 않는
부처님 눈 같은
로터스월드

여기저기 낮은 곳
연못을 파고 연을 심어
거기 피는 연꽃으로
밀어내고 있다.

뻐꾹새 울음을 우는
가난한 피를 가진 사람들의
그 검은 그늘을.

하늘의 햇빛도
나라의 法도 지우지 못하는
그 짙은 그늘을
연꽃으로 밀어내고 있다.

그리하여 마침내
사람의 씨앗 같은 영혼에까지
볕이 들게 하는 연꽃.

피우고 있다
캄보디아에서도
미얀마에서도
라오스에서도
로터스월드.

쑥대밭

갈아엎어라
쑥대밭
더는 세월에
맡길 수 없는 쑥대밭
한 마리 하이에나에 물려
죽은 시체로 끌려다니는 것은
나인가 너인가 모두인가
너무 적막하다
다 죽어 무덤이 된 오늘
살아 있는 이 있거든
크게 한 번 포효하고
갈아엎어라
풀벌레도 울지 않는
이 쑥대밭.

연꽃

산보다
낮은 곳에서 피는 연꽃은
산보다 높다

흙탕물에서도
흙탕물이 묻지 않는 잎이 있어
산보다 높다

산보다
낮은 연못
연못에서 피는 연꽃

빗소리

배움에는 맨발로 뛰어
산을 찾아 정상에 올랐느냐

지혜로는 또 몸을 다 태워
한 그림자도 남기지 않았느냐

아니다, 돌아보면 한평생
헛발질로 늙은 당나귀

그러니 어느 집에 누운들
빗소리가 들리지 않으랴.

제4부

백척간두

귀를 막아라
아예 눈도 감아라
더는 물러설 데가 없는
백척간두
무슨 동아줄이
하늘에서 내리겠느냐
폭포의 물처럼
몸을 던져버려라
길이 다 끊어진 곳에서
길을 찾고 싶거든.

후회하지 않기 위해

굽신대며

궁궐을 짓느니

부러지면 죽는 뼈

꼿꼿이 세우고

풀집을 지으리

한 번 놓으면

물릴 수 없는 바둑판

바둑돌 같은 인생.

부귀공명

앙상한 손으로 움켜쥐어본들
손가락 사이로 빠져나가는 물인 것을.

이미 손마디가 굵어졌거늘
어찌 그 손의 물이 오래 가겠는가.

내일 하늘에는 흔적조차 없으리
오늘 산 위에 높이 뜬 그 구름.

두 번째 화살

첫 번째 화살은
밖에서 날아온 화살

두 번째 화살은
자신이 자신에게 쏜 화살

한 번 몸에 맞은 그 화살을 뽑아
다시 쏘지 마라

그때는 마음에 박히는
두 번째 화살이니.

비가 샐 테면 새라

제기랄
방에 비가 새다니!
그렇다고 못나게시리
이 느닷없는
한방에 쩔쩔 맬 수는 없지
뚝 뚝 비가 새는 곳
한참을 노려보다가
그 아래 물받이 그릇 하나 갖다 놓고
나도 한 방 날린다.
좋다, 비가 샐 테면 새라
천정에서 새는 그깟 빗물이
폭포가 되겠느냐
강이 되겠느냐.

사람이 저무는 하늘

해가 저무는 하늘에는
노을빛이 자도처럼 익어가는데

사람이 저무는 하늘에는
까마귀 우는소리만 들린다

슬프다. 한평생 삶의 끝자락
더 마실 것이 없는 이 빈 잔

이제는 어느 강 사공에게
갈 길을 물어야 하나.

껌

말 한마디
행동 하나
조심할 일이다

한 번 세상에 뚝 떨어져
남의 그릇을 깨면
천의 입 만의 입이 씹는
껌이 된다

단물이 빠지도록 씹다가
길바닥에 뱉으면
이번에는 또
천의 발 만의 발에
마냥 밟히는 껌

그 껌이 되지 않기 위해
바람이 부는 날이나
불지 않는 날이나
버들꽃 같은 말조심 손조심

죽지 않는 풀

오래 밟힌 풀은

죽지 않는다

밟힌 그만큼 굳어진

뿌리가 있어 죽지 않는다

연한 잎이 으깨지면

그보다 강한 속잎 나고

그 잎이 짓이겨지면

그보다 더 강한 속잎이 돋고……

언제나 다음이 준비된 뿌리

그리하여 마침내

꽃대를 단단히 세우고

꽃을 피운다

더는 밟히지 않는 그 꽃.

짐

만고풍상 없이
만고강산을 유람하는
걸망이 있겠느냐

손발이 묶여보지 않고
그물에서 벗어난 새를 알겠느냐

가자
이 바윗덩이같이
온몸을 누르는 짐
황금이 될 때까지 짊어지고
나의 길을 가자

눈

눈이 침침해지도록
사람 사는 것도 보고
사람 죽는 것도 실컷 보았으니
이제는 대충 보고 살자고 한다.
돋보기까지 끼고 보아봤자
다 그렇고 그런 참깨 아니면 들깨
그러니 안 보이는 것은 덮어 두고
큰 것만 보고 살자고 한다.

그냥 가지 않았다

나는 갔다
바람에 날리는 꽃잎 같은 나
길바닥에 구르는 돌 같은 나
두 뿔로 세상을 받던 황소 같은 나
세월 따라 한때 한때의 나는 갔다
그리고 나는
옛날의 내가 아니게 키가 컸다
대나무같이 대나무같이
떠나 간 그 내가
하나 하나 단단한 마디가 되어.

바다

가까이 있는 것이라곤
모래밖에 없는 바다는
바다의 그 깊은 허기 때문인가
출렁이는 그 물결로
모래를 삼켰다가
금방 후회하고 뱉어내고
뱉어낸 모래 다시 삼켰다가
또 후회하고 뱉어버리고……
나도 산다는 것이
고작 그런 짓인가
이미 모래밭이 되어버린 삶
나이만큼 깊어진 갈증 때문에
물을 찾다가 모래를 마시고
마신 모래 역겨워 토하고
다시 물을 찾고……
어제도 오늘도 그렇게 사는 나.

손

내 손은 뻗어도 뻗어도
꿈에 본 연꽃에는
끝내 닿지 않는다
머리에 앉은 파리는
휘저어 쫓지만
마음속에 기어다니는 벌레에는
속수무책
참으로 짧고 짧은 이 손
불끈 주먹을 쥐어
우두둑 별이 떨어지게
땅을 한 번 쳐볼까나.

달

물속에 잠긴 달을

물을 품어 얻을 수 있다면

바가지만 믿고 사는 사람아,

무어라 어떤 사람은

곧은 손가락 하나로

하늘을 가리키는 것을

한평생 큰일로 삼았겠느냐.

길

가라고 한다
사자와 미인 사이에
혼자 가는 길이 있다고.
사자에게도 물리지 않고
미인의 손에도 잡히지 않는
달빛 호젓한 길이 있다고
앞만 보고 가라고 한다.
한 발짝 벗어나는 순간
꿈같이 사라져 버리는 그 길
병 없는 몸을 찾는 이는
눈 뜨고 똑바로 가라고 한다.

머슴살이

풀 뽑고 밭 갈고 씨 뿌리고

한평생 몸을 던진 머슴살이 끝에

눈이 순한 소 한 마리 얻었으니

이만하면 고향으로 돌아가는 그 길이

산이거나 들이거나 달 밝지 않겠느냐.

괴로움

괴로운 몸이 갈 곳은

오직 한 곳

괴로움 속으로 들어가는 것이다

들어가 자물통 구멍을 찾아

스스로 열쇠가 되는 것이다

피하면 더욱더 커지는 그 괴로움.

뒤돌아보며

젊다고
그 젊음을 마냥
밤하늘 높이
불꽃으로 팡팡 쏘지 마라.

큰 소리로
어둠 속에 휘황한 빛을 뿜던
그 불꽃들 사라지고 나면
하늘만 더 캄캄할 뿐
무엇이 남더냐.

불꽃이 아니어도 좋다
두 번 다시 마실 수 없는
단 한 잔의 물

젊은 날의 젊음은
오직 자신을 향해 쏘아라
낙엽 지는 어느 날에
빈 깡통이 되지 않기 위해.

침묵

바다는
출렁이는 것이 진리라고 하고
산은
움직이지 않는 것이 진리라고 하던가
그러거나 말거나 나는
낮에는 바다에 나가
물결들과 출렁거리고
밤에는 산으로 돌아와
산을 베고 잠을 잔다
다만 그뿐
나는 아무 말도 하지 않는다.

샘

양조장의 샘물은 술이 되고

찻집의 샘물은 차가 된다

그런데 그 누가 팠던가

사람이 사는 곳에

눈물이 되는 그 샘.

제5부

물속에 잠긴 달

술 마시고 취한 그 눈에는
무엇으로 보였을까
물속에 잠긴 달을
손 뻗어 건지려다가
풍덩 물에 빠져 그만
꽃잎이 된 이태백
그것 하나로 벌써
시인의 얼골을 다 보았으니
굳이 그의 시를 더 읽어 무엇하리.

풀밭길 2

그리운 것에는
마냥 가고 싶은
풀밭길이 있다

가다가
무엇을 만나도 좋을
설레는 풀밭길

그러나 갈 수 없어
언제나 날개가 아름다운
나비만 날아간다

먼 데서 우는 새여

그 無明한 구멍에서 나온
벌레 한 마리
무어라 고연히 꿈틀거려
열두 매듭의 새끼줄을 꼬아 놓았나
뽕잎이 필 때 먼 데서 우는 새여
여기 알을 밴 벌레가 있다
까만 구멍 앞
열두 매듭의 긴 새끼줄 끝

방아 찧기

산에 들어와
흰머리 되도록 찧은 방아
키질할 사람이 없네

때때로 방앗간 처마 밑에서
고향집 배꽃 피고 달 밝은 밤을
그 얼마나 그리워했던가

아직도 남은 벼가 몇 섬이냐고
산에게 눈을 들어 물어본즉
일진의 바람이 불어
고목 우는 소리만 들리네.

새 길

늘 다니는 길에는
반짝이는 것이 없다
반짝이는 것이 없는 길에는
피가 뛰지 않아
설레임도 없다
아직 한 번도 가보지 못한
낯선 길을 가고 싶다
변해야 푸르고 신선한
풀빛이 보이는 삶
나도 낡은 나를 벗어버리고
새 정신의 새 몸이 되어야겠다.

나에게 갇힌 나여

쑥과 마늘을 먹고
곰이 사람이 되는 것처럼.
스스로 잠이 깨여
번데기가 나비가 되는 것처럼.
이제는 쾅 하고 튀쳐나와라
오래 나에게 갇힌 나여
나도 무엇도 없는 것이 되어.

눈

눈이라면

사람 족보에 있는 눈이라면

남의 눈의 깨알보다도

제 눈의 호박부터 먼저 볼 줄 알아야지

그러고 나서 남은 힘이 있으면

두 눈을 깜박이면서

자신이 무엇인지를 보아야지

개도 보고 소도 보고

온갖 것 다 보면서

정작 제 자신을 못 본다면

그게 어디 눈이겠는가.

나무꾼

나무꾼도
쾅! 하고 온몸을 울리는
금강경의 한 말씀에
지게를 벗어 던질 줄 아는
나무꾼이라면

나무지게 벗어 던지고
그의 業 같은 나락들
흰쌀이 되게 방아를 찧어
한 물건도 없는 집의
主人이 되었다면

그는 돌을 팔아서
금을 얻은 장사를 했으니
가히 산은 높고
강물은 길게 흐를진저.

좋은 날

언제나 좋은 날은
어제와 내일 사이의

오늘
오늘이 제일 좋은 날

어제에도 없고
내일에도 없는 나

오늘 여기
살아 숨 쉬고 있으니

이보다 더 좋은 날이
또 어디 있겠는가.

마지막 잎새

오동나무 가지에 하나 남은
마지막 잎새를 보면
누군가 떠나갈 사람의 손을 잡고
애 터지게 우는 소리가 들린다.
집도 절도 없이 살아
하늘도 알고 땅도 아는 한 많은 사람
그 사람의 가물대는 촛불 앞에
아무것도 할 수 없는
아무것도 할 수 없는
그 슬픔을 우는 소리가 들린다
오동나무 가지에 하나 남은
마지막 잎새를 보면.

겨울밤

바람 불어
풍경이 울더니

눈이 오지 않아
부엉새가 울더니

그 다음은
날 보고 울라는 것인가

어드메 개도
짖지 않는다

전생의 내 울음소리
들리는 듯한 겨울밤

安心歌

가난하지만 비틀대지 않고
몸에 묻은 때가 없으면

그 또한 괜찮은 인생
곧게 세울 깃대도 없이

부자가 되면 무엇해
출세만 하면 무엇해

마음 하나 편안히 하면
온 세상이 내 집인 것을

무어라 마냥 물고 뜯는
진흙탕의 개가 되나.

알 수 없는 울음

혼자 염불하는 밤
나는 나의 밑바닥으로 내려간다
깊은 물에 가라앉는 돌처럼.

얼마를 내려가다가
무엇을 만난 것인지
뜨거운 덩어리 울컥
가슴에 치밀어 오르더니
눈물이, 이 어인 눈물이……

꼭 한번은 울어야 할
어느 생에 나도 모르게 맺힌
주먹만한 설움을 가진 내가
거기 오래 기다리고 있었던가

짐을 부린 듯
그 알 수 없는 울음을 울고
법당을 나올 때
나의 마음에는
처음 보는 별들이 반짝거렸다.

무명 가수

아직은 나의 노래가
별에 닿지 않아서

내 얼골 내 이름에는
별빛이 없네

얼골에도 이름에도
별빛이 없어

내가 서는 무대에는
휘황한 불빛도 없네

나의 피 나의 젊음을
혼자 우는 이 눈물이여

어찌해 나의 노래는
뜨지 못하는 구름이냐

언제쯤 나의 노래도
쾅 하고 별에 닿아

내 얼골 내 이름에도
별빛 빛나는 그날이 오나.

지나가더라

지나가더라
천둥이 울고 번개 치는
그 소나기
죽지 않고 살아만 있으면
하늘이 무너지고
땅이 꺼지는 날도
다 지나가더라.
무언들 뿌리내린
나무가 되더냐
오늘이라는 이 마당에 온
기쁜 손님이나 슬픈 손님
내일에는 모두 떠나가더라.

옛날은 다 가고

죽을 때에 죽지 못한 몸이
어찌 살기를 제대로 살겠느냐

손가락 하나 아픈 핑계로
무너지는 집을 보며 구경만 하다니!

이제는 다 꺼져버린 것이냐
不義를 보면 활활 타던 나의 불

들소 같은 옛날은 다 가고
남은 것은 그 그림자들뿐.

아무리 봐도 지금의 나는
내가 아닌 철 지난 부채

이제는 나도 나를 버릴 때인가
어디에서도 보이지 않게.

고목

고목이 되어
꽃을 보는 이 봄날은
등만 긁는다

고목이 되어
새잎이 피는 이 봄날은
물만 마신다

봄날이 아무리 좋아도
나에게는 그뿐
휘어지는 가지 하나 없이
다만 그것뿐

그러나 세상에서
몇 발 물러나 서 있는
바람이 없는 이대로
고목도 좋다.

추억이 있는 곳

항시 그곳에는
나만 아는

그때의 그 물이 흐르고 있어
지나갈 때마다

그 물에 돌아가는
나의 물레방아.

山

산을 닮고 싶어
산에 산다
바람에 흔들리는 풀잎 같은 나
여기저기 뻗어가는 풀 넝쿨 같은 나
그 모두 다 버리고
나는 산에 산다

나를 버린 그 만큼만
내 안으로 들어오는 산
얼마나 산의 냄새를 마셔야
내 안에 가득한 산이 되나

사랑한다고 사랑한다고
온 산을 휘감던 그 구름이 떠나가고
빈 골짜기가 되어도 울지 않는 산
미워한다고 미워한다고
돌을 남기고 흘러가는

그 물도 원망치 않은 산

그 마음을 닮고 싶어
구름 같은 나
물 같은 나
그 모두 다 버리고
나는 산에 산다.

낚시

한평생
낚시질을 하려거든
걸리면 죽은
고기들은 말고
있잖아
몸 중에서 제일 뜨거운
우리의 심장
낚싯바늘에 꿰어
있잖아
영원히 죽지 않는
바다를 낚아야지
안 그런가.

반복되지 않기 위해

한 시대가 저물고 있다
황혼이 짙은 하늘 아래
이별을 예감한 바람이 분다
빛도 있고 그림자도 있는 사람들이
오늘에서 옛날로 가야 할 때
짐을 지고 수고한 자여, 안녕히
누군가 흔드는 손수건에
떠나가는 사람들의 뒷모습을
우리는 落花처럼 바라볼 일이다
그리고 우리의 그릇에 아쉽게 남은
그들의 넘치고 모자라는 이야기를
그들의 유언처럼 들려줄 일이다
이제 드높이 휘날리는 깃발을 들고
박수와 축복 속에 등장할
새 시대의 새 주인공들에게.

혹

살아봐도
삶을 모르겠으니 벽
얼굴을 봐도
내가 나를 알 수 없으니 벽
이것을 또 세상 어디에
물어볼 곳이 없어
나는 이마에
혹이 난 사람
어디 그것뿐인가
파리도 모기도 아닌
사람이면서 사람을 모르니
혹이 또 하나.

큰 산을 이기는 힘

인생의 한평생

그 온갖 고난을 미리 다 안다면

누가 굳이 끝까지 살으랴

그러나 큰 산이 덮쳐와

모든 것을 일시에 잃고도

무릎을 짚고 일어서는 것은

그 손에 희망이 있기 때문

그리고 그 손에 희망이 있는 것은

미래의 고난을 모르기 때문

그러고 보면

모르는 것도 힘

큰 산을 이기는 힘

그 힘이 있어

인생은 울면서도 사는 거다.

독화살

가자!
몸속 깊이 박힌 독화살
피가 되고 살이 될 때까지
독화살보다 더 독한
뼈 하나 굳게 세우고
어디든 가자!
악문 강철의 이빨로
세상의 온갖 돌 같은 얼음들
와삭와삭 깨 먹으며
끝내는 독화살도
사리가 되게 가자
저기 저기 저
마지막 잔이 올 때까지

염화미소

세상에 딱
한 번 있는 일이었다
손에 든 꽃이 法이 되고
法은 다시 북채가 되어
오직 북이 되어 있는 사람
그 사람을 쳤다
텅!
그에 크게 울린
온몸의 맑은소리는
그 사람의 입술에
미소가 되었다
반짝이는 눈과
반짝이는 눈이 마주친
두 사람 사이

인연

돌을 만나면
돌이 되고
꽃을 만나면
꽃이 됩니다

솔잎과 친해
송충이가 되고
술을 가까이 해
술꾼이 되는 사람

울음으로 밤을 새운 이여
그 부은 눈으로 맞은 아침
무엇을 만나기 위해
밥을 먹어야겠습니까

** 해설

수도자의 데칼코마니decalcomanie와 고도화된 연금술 시편

권성훈 | 문학평론가·경기대학교 교수

1.

고도의 시는 그 자체로 분해할 수 없는 인식의 분자다. 그것은 시 의식에서 언어로 분할되어 생성된 잉여의 의미로 채워져 있다. 무엇보다 더하거나 뺄 수 없는 '앙금의 언어'는 그만큼의 이물질이 제거된 보편성을 가진다. 거기에는 연금술과 같이 순도 높은 '사유의 농도'를 획득하는 데 있다. 말하자면 최대한 단련된 시의식을 가지고 최소화된 언어로 행간의 여백을 채우는 것이 고도화된 시다. 그런 시는 이미 존재하는 물질의 조합이 아니라 전체를 분해하여 절제된 순도의 상태를 만든다. 이 순도의 과정은 연금을 제작하는 연금술과 같이 완벽한 미학의 순도를 가진 언어로 변환하면서 발생한다.

그것은 물질의 재련처럼 순도 높은 수행을 통해 언어를 더 깊은 경지로 나아가게 한다. 이물질이 제거된 상태로서의 순수함만이 있는 상태다. 이러한 현자의 연금술은 언어와 합쳐지는데 이를 '언어의 연금술'이라고 부른다. 요컨대 현자는 시인이고 언어의 연금술은 시로 현현되어 근원적인 힘을 불러온다. 이러한 언어의 연금술사는 사유라는 "그 알 하나 품고/ 자꾸 무뎌지는 부리// 날마다 돌에 갈며/ 꽃잎처럼 지는 세월을 우는" 자가 아닐 수 없다. 이 가운데 언어의 연금술사는 "그들의 넘치고 모자라는 이야기를/ 그들의 유언처럼 들려줄 일"(「반복되지 않기 위해」)을 처음이자 마지막으로 해내는 자다.

여기에 시는 모든 존재하는 것들에 응답하고 영혼을 주입하여 생명을 재생시킨다. 인간들의 욕망이 가진 사물의 지배와 언어의 억압적인 정복을 반대하며 "어디든 가자!/ 악문 강철의 이빨로/ 세상의 온갖 돌 같은 얼음들/ 와삭와삭 깨 먹으며/ 끝내는 독화살도/ 사리가 되게 가자"(「독화살」) 이는 세계의 "몸속 깊이 박힌 독화살"이 피가 되고 살이 될 때까지" 언어의 연금술로 그것을 담금질하며 욕망의 식민지를 벗어나고자 한다. 언어의 연금술에 가닿는 시는 '독화살'도 용해하며 '사유적 사리'라는 의미만을 부각시킨다.

고도에 이르는 시는 이러한 사유를 언어의 살 속에 주입시켜 사유가 스스로를 사유하는 데 쓰인다. 시가 사유로서 역할을 감내하기 위해 "눈으로 온갖 책을 읽고/ 귀로는 고금의 금언을 들었으나// 그것은 결국 남의 불빛이었다/ 남의 불빛을 따라가면// 고작 남의 집의 객이 될 뿐이니/ 마음이여, 나의 등불을 밝혀라// 끝내 나의 길을 찾아가서/ 마침내는 내 집의 主人이 되게"하는 길을 찾아 나서는 것이다. 이처럼 '내 집의 주인'으로서 자신을 '언어의 등불'로 다스리며 세계의 한계와 언어의 경계를 넘나드는 시인이 있다.

청화 시인. 그동안 그는 세간과 출세간 그리고 승속 사이에서 물질로 물든 인간 내면의 치열한 의식을 실존적으로 보여주었다. 이러한 점에서 그의 삶은 곧 선이며 현실의 궁극에는 깨달음이 편재되어 있다. 그것은 삶과 시간의 연속이 선의 알갱이로 구성되어 있음을 말한다. 여기서 일상에서 인식의 주체인 자아의 속성은 바로 공空을 말한다. 공은 물질적 요소인 색과 정신적인 요소인 수상행식이 하나의 관계망 속에서 화합하고 있는 것처럼. 그의 시는 인간 본래의 근원적 사유를 보여주는 언어 자체의 역량을 강화하여 왔다. 그러므로 일상의 언어를 전복하고 세계의 욕망을 충돌시키면서 새로운 의식을 창조하려는 노력이 세간의 언어와 차별된다고 할 수 있다.

현대불교사에서 승려 신분으로 시를 창작해 온 대표적인 시인 한용운, 김달진, 조종현, 조오현 등과 함께 그는 불가 문학의 계보를 이어오고 있다. 그의 시적 특징은 선적인 세계관을 통해 삶을 유혹하고 인간성을 잠식하고 있는 욕망의 실체를 견인한다. 거기에 욕망의 실체인 물질문명이라는 수질의 중독에서 정신을 해감시키는 시의식을 보여준다. 특히 인간의 지난한 비의를 심도 있게 불러와 심층적인 인간 내면을 선연하게 탐구했다. 게다가 자아 탐색과 세계 정화라는 이분법적인 카테고리를 형성하면서 수련의 대가를 언어로 지불하며 사유의 길을 모색했다고 할 것이다.

2.

그가 보여주는 시적 사유의 길은 "마음이 괴로운 날에는/ 빛나는 황금도 돌덩이// 마음이 기쁜 날에는/ 돌덩이도 빛나는 황금// 그렇거늘 어찌 인생에게/ 황금과 돌이 따로 있겠는가// 이름도 형상도 그 모두/ 마음에 따라 변하는 것이니"(「一切唯心造」) 마음 자체는 무형의 모습으로 보이지만 사실은 자신을 만들고 강제하는 것이다. 이것은 본래의 마음은 원래 우리 안에 있고, 그것을 찾아가는 과정은 온갖 어려움을 극복해야만 비로소 찾을 수 있는 수행의 가치가 아닐 수 없다.

물질에서 순간적으로 포착해내는 그의 묘사력은 직관을 바탕으로 한 선적 감각과 사유로 파악된다. 이를 통해 그는 자신만의 불교문학의 형이성을 개척하며 사유를 형성해 왔다고 할 수 있다. 그러한 그의 길에는 "고삐도 더는 잡을 필요 없고/ 채찍도 굳이 들지 않았네/ 스스로 길을 알아 앞장서는 소"(「騎牛歸家」)를 따라서 "때로는 더는 물러설 데가 없는"「백척간두」에서 "무슨 동아줄이/ 하늘에서 내리겠느냐/ 폭포의 물처럼/ 몸을 던져버려라/ 길이 다 끊어진 곳에서" 발생한다. 마치 사고가 미치지 못하고 말이 끊어진 세계가 그것이다. 달리 보자면 그의 길은 분별과 집착에서 자유로운 단계에 도달하고자 한다. 여기서 세상의 온갖 집착과 분별에서 벗어나 정신적 자유를 가지게 되는 것이다.

또한 그는 부처님을 믿고 그것을 실현하기 위해 먼 길을 떠나는 여행을 감행하기도 한다. 그러면서 세상에 존재하게 된 우리 모두에게 진정한 자아 탐색이란 무엇인지 묻는다. "나는 부처님의 텃밭에/ 부처님의 말씀을 먹고 자란무/ 어찌 다른 데서 기쁨을 찾으랴"(「무」). 이 전언은 다름 아닌 "숙맥 같은 나에게/ 최초로 부끄러움을 알게 한 그 말씀"이 되었으며, 나아가 "그 말씀은/ 내 평생 어디서나 들리어/ 나를 항상 돌아보는 눈이 되었다"(「사람이 그러면 쓴다냐」). 이는 근원적으로 맞닿아 있는 시인의 불교의식과 문학적 세계관을 함의하고 있다. 자아 탐색이라는 여행길에서 시인은 「낚시」를 하듯이 '몸 중에서 제일 뜨거운 우리의 심장을 낚싯바늘에 꿰어' 내려는 노력이 그의 시작의 테제다. 세계 속에서 이 테제는 영원이라는 초월적 공간을 향해 있다. 그러기에 "영원히 죽지 않는/ 바다를 낚아야지/ 안 그런가"라고 되묻기도 한다.

그의 시에서 영원은 그대로 있음이나 지속적인 것이 아니라 영원은 사라짐을 간직하는 것이다. 말하자면 「추억이 있는 곳」에서 "항시 그곳에는/ 나만 아는// 그때의 그 물이 흐르고 있어/ 지나갈 때마다// 그 물에 돌아가는/ 나의 물레방아"처럼 말이다. 이는 실제적인 기억을 넘어서 그 기억을 물레방아처럼 순수하게 돌리면서 사라지지 않게 하는 것이다. 이처럼 청화 시는 "이것도 저것도 아님을 만들어내기 위한 것이며, 그것이 전혀 다른 어떤 것, 즉 '예'와 '아니오'의 대립이 놓치고 있는 것임을 제안하기 위한 것이다."[1] 그것은 "파리도 모기도 아닌/ 사람이면서 사람을 모르"(「혹」)는 사람에게 던지는, 질문이면서 근원적인 기억을 돌려주기 위하여 이분적인 것을 소멸시키면서 파생된다.

아직은 나의 노래가
별에 닿지 않아서

내 얼골 내 이름에는
별빛이 없네

얼골에도 이름에도
별빛이 없어

---

1. 알랭 바디우, 장태순 역, 『비미학』, 2010, 79쪽.

내가 서는 무대에는
휘황한 불빛도 없네

나의 피 나의 젊음을
혼자 우는 이 눈물이여

어찌해 나의 노래는
뜨지 못하는 구름이냐

언제쯤 나의 노래도
쾅 하고 별에 닿아

내 얼골 내 이름에도
별빛 빛나는 그날이 오나.

- 「무명 가수」 전문

이름이 없다는 '무명'은 무명하기 때문에 무엇이든 될 수 있다. 이것도 저것도 아닌 미생과 같이 아직 정해진 것이 아무것도 없으므로 수많은 역량을 펼칠 수 있는 요건을 모두 갖추고 있다. "아직은 나의 노래가/ 별에 닿지 않아서"일 뿐. '내 얼골과 내 이름'은 별빛과 불빛이 없지만 이 '얼골'은 그림자가 만들어낸 미광의 얼굴이다. 미광의 얼굴은 빛나지만 반짝이지 않는 얼골로서 존재하며 청춘을 바친 "나의 피 나의 젊음을/ 혼자 우는 이 눈물"이 새겨져 있다. 그러면서 '유명'으로 인해 존재가 놓치고 있는 기억의 무명을 빛으로부터 축출하는 것이다. 시인이 "걸어가면서 보는/ 앞에 뛰어가는 사람/ 그는 사실 내가 지나온/ 저만큼 뒤의 나였다"(「나를 보기 싫은 요즘은」) 이처럼 시인은 빛이 소멸된 상태의 과거의 그림자에서 자아 탐색과 세계 응시를 시도한다.

밤새도록
풍경이 울었다

흰눈도 내리며
소리없이 울었다

세상이 온통 소복을 입은
다음 날 아침

몸이 흔들 하는
부음이 왔다

먼 남쪽 섬의
갈매기 같은 사람.

－「부음」 전문

그의 시에서 "몸이 흔들 하는/ 부음이 왔다// 먼 남
쪽 섬의/ 갈매기 같은 사람." 「부음」에서 '부음'으로부
터 '갈매기 같은 사람'을 해방시킨다. 이는 그림자로부
터 빛을 드러내는 것이 아니라 빛으로부터 그림자를
나타내며 거기서 새로운 풍광을 발견한다. 이 풍경은
「山果-오현스님」에서 "설악 영봉에 높이 뜬/ 둘도
없는 보름달"이, "산에서 푹 익은/ 한 알 山果"로 사라
진 오현을 사라지지 않게 하는 데 있다. 게다가 "바다
를 그리워하다 죽은 새가/ 파도 소리에 번쩍 살아나는
그 순간"(「겨울 바다 2」)을 「죽지 않는 풀」과 같이 "더는
밟히지 않는 그 꽃"으로 피게 한다. 시인의 꽃은 영원
히 사라지는 것을 원초적으로 존재하지 않은 물질로서
「물거품」을 통해 공적 세계관을 개화하기도 한다. "청
춘이 물거품이었거늘/ 늙음이라고 물거품이 아니랴//
눈물로 살았건 웃음으로 살았건/ 어차피 물거품 같은
한평생// 설령 쇳덩이를 안고 죽은들/ 그 인생이 물거
품이 아니랴." 물거품이야말로 불교적 사유에서 축출된
더 이상 분해할 수 없는 담금의 시어가 아닐 수 없다.

3.

시인은 초월적인 공간을 감각적으로 연출하며 생동

감 있는 언어로 형상화하기도 한다. 요컨대 시간과 공간을 초월하는 시원始原은 근원적인 것으로 존재 너머에 있다. 언어 밖에 있는 시원은 존재와 물질로서는 호명이 불가능하지만 비시적 언어로서 파악되기도 한다. 가령 시의 언어는 언어 밖에 있는 것들을 찾아가는 구도의 행위다. 이 지점에서 청화의 언어는 진리를 찾아가듯 시원을 묘파하기도 하는데 구도자로서의 길과 시인으로서의 길을 동시에 보여준다. 원래 현상이 시작되는 시원은 세계가 있기 전의 어둠의 세계로서 그 모습을 보이기 전에는 누구도 알 수 없다.

이 침묵과 고요만이 서성이는 공간을 찢고 나오는 것이 청화 시편의 특징이다. "번번이 그 고무신을 찢고 튀어나온/ 내 엄지발가락의 발톱에서/ 나는 처음 발톱 같은 나를 발견"(「엄지발가락의 발톱」)하는 것처럼. '속세를 찢고 인생도 찢어 찢고 온 엄지발가락의 발톱 같은 나'를 시원에 펼쳐놓는 것이다. 거기에 "마지막으로 찢어야 할/ 그 하나는 죽음 죽음 죽음"이라고 말한다. 모든 죽음은 존재에게 마지막이지만 그의 시 '죽음'에서 시원이라는 시작을 목격하게 해 준다.

사람이 죽을 때
두 눈을 감는 것은

죽어서 어디로 가는지
그 길을 모르기 때문

그리하여 죽음에게
알아서 하라는 뜻으로

누구나 죽을 때는
두 눈을 감는 거다

사후에 대해서 만은
아는 척 할 수 없는 그 눈.

- 「왜 죽을 때 눈을 감는가」 전문

이 시 행간 사이에서 "사람이 죽을 때/ 두 눈을 감는 것은" 마지막을 의미하지만 처음으로 맞이하는 끝이다. 실제로 죽음은 마지막으로 눈을 감고 나면 처음으로 눈을 뜰 수 없는 상태라는 점에서 영원으로 들어가는 통로가 아닐 수 없다. 죽음을 처음으로 맞이하는 영원의 입구에서 '죽음에게 알아서 하라는 뜻으로 누구나 죽을 때는 두 눈을 감는 거'라는 비애는 희극적인 묘사와 함께 예상치 못한 죽음의 진실을 태연하게 형상화한다. 그러면서 우리가 놓치고 있었던 '사후의 가장자리'를 "아는 척 할 수 없는 그 눈"을 통해 보게 하는 것이다. 따라서 그의 시선은 "슬프고 아름다운 그 노래 소리(「가시나무새」)라는 역설적인 방향을 향해 있으며 그것은 "죽음에 닿은 아픔에서 나오는 거라고"할 수 있다. "그것을 온몸으로 보여주는 새"처럼 순도 높은 어조로 노래하는데 "제일 크고 제일 예리한 그 가시"가 그 언어에 편재되어 시로 발산하는 것이다.

가인의 슬픈 노래 앞에
나는 그냥 하얀 솜뭉치

물이 되어 촉촉이 스며든다
그 가슴의 먹피가 삭은 소리로

차마 말도 못 할 만고풍상에
오래 고인 먹피가 있는 인생

나도 어느 가인이 부른
한 곡조 슬픈 노래였던가.

－「슬픈 노래」 전문

시인의 '가시나무새'와 같은 발성은 '슬픈 노래'로서 다가오지만 사실은 '가인'과 같은 존재적 아픔이 스며있다. 그러한 '슬픈 노래 앞에'서 벗어나려고 하지 않는 시인은 '하얀 솜뭉치'로 자신의 몸을 내어주는 것이다. 그럴 때 그 노래는 "물이 되어 촉촉이 스며"들고, "그 가슴의 먹피가 삭은 소리로" 용해될 수 있음을 확인할 수 있다. 이로써 이 공간은 「샘」이 되고, 「연못」이 될 수 있는 것으로 누군가의 목을 축이고 누군가의 영혼을 달랠 수 있다. 이를테면 '샘'은 "양조장의 샘물은 술이 되고/ 찻집의 샘물은 차가" 되는 것이고, '연못'은 "팔뚝 같은 뿌리를 내리고/ 썩은 물과 너울대며/ 썩은 물이 묻지 않는/ 푸른 연잎"이 되는 것이다. 이로써 우리는 "거기 녹음이 잘 된/ 부처님 말씀"을 그의 시를 통해 '연꽃의 노래'를 '연잎의 시어'로 들을 수 있다.

4.

청화 시인의 시에서 반복되는 시어가 '얼굴'과 '얼골'이다. 얼굴은 '얼과 꼴'의 합성어로서 안에 있는 얼은 정신이며 밖에 있는 꼴은 모양을 의미한다. 시어로 나타나는 얼굴은 정신을 비추는 자화상이 된다. 이는 자신의 무의식에 '언어의 창문'을 내고 거울에 비친 자신을 비춘다. 그렇지만 거울에 비친 자신은 보는 것은 불확실한 존재적 의식이라는 점이다. 다만 보여주는 것은 실체적인 것으로서 눈을 비추는 거울은 둘이지만 수천 개의 눈을 가지고 있다는 사실이다.

책보에 시집 두 권 싸고
내가 집에서 도망 나온 그 새벽에는
진눈깨비 바람이 앞을 막았다
그러나 그 앞에
나는 주저앉지 않았다
오랜 동안 불에 달궈
쇳덩이가 된 결심이 있었으므로,

나는 부모도 형제도 닮지 않은
내 얼골을 갖고 싶었다
누구의 손도 닿지 않은
내 자유 내 선택으로
내가 가고 싶은 길을 가는
온전한 내가 되고 싶었다

그로부터 오늘에 이르기까지
대장간에 벌겋게 구어진
무형의 쇠붙이가 되어
바로 치고 엎어 치고
엎어 치고 바로 치고
망치질을 퍼붓은 세월이여

이만하면 되었다
거울에 비춰 본
내 모습 내 얼골

이제는 어쩔 수 없는
몇 개 아쉬운 흉터도 있지만
그래도 이만하면 후회는 없다
절하고 싶은 세월이여.

- 「자화상」 전문

우리는 누구나 자신의 삶을 사유하지만, 그 사유하고 있
는 자신에 대한 의문을 가지고 산다. '나는 누구인가' 또는
'내가 아는 내가 나인가'가 그것이다. 가장 오래된 인간 존
재로서의 사유는 자신을 향해 있으며 그것은 시에서 자화
상으로 표출되어 왔다. 이처럼 '자화상' 시는 자아 결함을
사유로부터 충전시키려고 하는 의도가 있다. 때문에 근현
대사에서 자화상은 일제강점기로부터 수많은 시인들의 소
재가 되어 왔다.

그러나 청화의 자화상은 "나는 부모도 형제도 닮지 않
은/ 내 얼굴을"가지고 싶다는 점에서, "누구의 손도 닿지
않은/ 내 자유 내 선택으로/ 내가 가고 싶은 길을 가는/ 온
전한 내가 되고 싶었다"는 점에서 모든 것을 떨쳐버린 구
도자의 모습을 볼 수 있다. 이에 "오늘에 이르기까지/ 대장
간에 벌겋게 구어진/ 무형의 쇠붙이가 되어/ 바로 치고 엎
어 치고/ 엎어 치고 바로 치고/ 망치질을 퍼붓은 세월"을
통해 지난 한 구도자의 실천 속 그의 삶은 '담금의 연속'이
었다. 이 같은 순금의 시간은 "거울에 비춰 본/ 내 모습 내

얼굴/ 이제는 어쩔 수 없는/ 몇 개 아쉬운 흉터도 있지만/
그래도 이만하면 후회는 없다/ 절하고 싶은 세월"이라는
순수한 내면의 자화상을 형상화할 수 있는 것이다. 물론 순
도가 높은 자화상일수록 그 얼굴에 남은 '흉터'는 '훈장'으
로 기억되기 마련이다. "길에서도 길을 잃는/ 짐승이 되지
않기 위해(「꽃 4」)" "묵은 허물을 벗고/ 나를 다시 태어나게
할 그 꽃"이라는 시화를 개화하는 것처럼.

그의 이번 시집의 모든 시편들은 "소를 잃은 외양간에 잡
혀/ 山野를 헤매인지 그 얼마였던가/ 마침내 갈대밭으로
들어간/ 그 발자국을 찾음"(「見跡」)에서 자신을 발견한 수
도자의 데칼코마니decalcomanie다. 그것은 '참된' 깨달음
의 세계는 말로 전할 수 없다.[不立文字 敎外別傳]는 불교
의 수행 명제와 통하게 한다. 그렇지만 논리적 체계나 개념
보다 세계에 앞서 직관적 통찰을 통해 자신의 삶을 표면에
배치함으로써 구체화되고 있다. 그가 발견한 사유를 시로
물들일 때 에너지를 불러오는데 그것은 나타난 것의 사라
짐을 시적으로 억제한 고도화된 기록이다. 이로써 모든 진
리는 무한한 생성이 만들어낸 완성될 수 없는 우주의 부분
을 언어의 연금술로 보여준다. 시작만 있고 끝이 없는, 그
의 시작은 "그거 다 간단히 요약하면/ 흰 얼굴에 미소 하
나."(「미소 하나」)의 데칼코마니에 달려 있다.

불교문예시인선 • 042

세상이 왜 이 모양이냐
©청 화, 2021, Printed in Seoul, Korea

초판 인쇄 | 2021년 11월 15일
초판 발행 | 2021년 11월 25일

지은이 | 청 화
펴낸이 | 문병구
편집인 | 이석정
편 집 | 구름나무
디자인 | 쏠트라인saltline
펴낸곳 | 불교문예출판부

등록번호 | 제312-2005-000016호(2005년 6월 27일)
주   소 | 03656 서울시 서대문구 가좌로 2길 50
전화번호 | 02) 308-9520
전자우편 | bulmoonye@hanmail.net

ISBN : 978-89-97276-58-5 (03810)
값 : 12,000원